DESPIERTA TU SUPERHÉROE INTERIOR
AWAKEN YOUR INNER SUPERHERO

Esta es la historia de un niño llamado Ben y su amigo Otto.

This is the story of a boy named Ben
and his friend Otto.

A Ben le gusta mucho correr, explorar y saltar.

Ben likes to run, explore and jump a lot.

Otto es tranquilo, no habla mucho y le gusta jugar en sitios que lo hagan sentir seguro.

Otto is quiet, calm, barely talks and
likes to play in places where he feels safe.

Al principio Ben y Otto se la llevaban mal, porque cuando Ben quería hacer algo nuevo, Otto se lo impedía.

At first, Ben and Otto didn't get along very well because whenever Ben wanted to do something new, Otto stopped him.

Otto le explicaba los peligros que habían y terminaba por convencer a Ben de no hacerlo.

Otto explained the dangers they had and ended up convincing Ben not to do it.

Con el tiempo, Ben dejó de intentar cosas nuevas y se acostumbró a estar con Otto en seguridad.

Eventually, Ben stopped trying anything new and play safe with Otto.

Un día aparecieron nuevos juegos en el jardín de niños, había columpios, casitas de juegos y un tobogán espectacular. Nunca se había visto el jardín de niños tan divertido.

One day, there was a brand new playground in the kindergarten yard.
It was the most amazing playground he had ever seen. It had swings, playhouses and an amazing slide.

-¡En seguida, todos los niños salieron a jugar!

Right away, all the children ran out to play on it!

Ben corrió rapidamente para poder lanzarse en el tobogán. Pero cuando iba a subir, Otto con una cara de terror, se paró frente a él para detenerlo.

Ben ran out too because he wanted to play on the slide. But when he was going to go up the slide, Otto, with a horror face, leaped in front of him and stopped him from going any further.

Ben subió la mirada y se dio cuenta que el tobogán era muy alto.

Ben looked up and realized that the slide was very high, too high.

En ese momento le dio miedo y se fueron a jugar los dos solos con la pelota.

At that moment he felt scared and went with Otto to play with the ball.

Pasaron los días y ya nadie jugaba con ellos, porque todos estaban en el nuevo parque. Ben y Otto estaban muy solos.

The days went by and no one else played with them. Everyone was playing in the new playground. Ben and Otto felt very lonely.

Un día su amiga Sofía le preguntó por qué no estaba con ellos en el parque nuevo. Y Ben le respondió: Es que Otto no me deja lanzarme en el tobogán, señalándolo.

On day Ben's friend Sophia asked him why he wasn't in the playground with the rest of the kids. Because Otto would not let me get on the slide, Ben replied pointing at it.

Sofía se rió y le dijo: "Otto es tu miedo y todos tenemos uno."
Entonces sacó de su bolsillo el suyo, y era diminuto. Ben, extrañado, le preguntó por qué el Otto de él era tan grande y el de ella tan pequeño.

Sophia laughed and said: "Otto is your fear, we all have it."
Then, she took her own Otto out of her pocket, and it was very tiny.
Ben was surprised and asked Sophia why his Otto was so big and hers so small.

Sofía le contó que su Otto solía ser muy grande, pero cuando ella se atrevía a hacer las cosas que le daban miedo…

Sophia told him that her Otto used to be very big, but when she dared to do things that scared her…

Su Otto se hacía cada vez más pequeño, hasta que ya no la molestaba más.

Her Otto became smaller and smaller until it no longer bothered her.

Entonces Ben se llenó de valentía y decidió ir al gran tobogán.
Pero estando frente a las escaleras, apareció Otto, aún más grande, tratando de convencerlo que no se atreviera, que no era seguro y que era más tranquilo solo jugar con la pelota.

When Ben heard Sophia, he was filled with courage and decided to go to the big slide.
But when he was in the front of the slide ladder, Otto showed up, even bigger than before.
Otto tried to convince him not to dare, that it wasn't safe, that it was harmless to play with the ball.

Ben volteó a ver a Sofía con ojos de miedo. Ella lo miró fijamente y le dijo: "Tú puedes hacer cualquier cosa que te propongas. No tengas miedo."

Ben turned to see Sophia with scared eyes. She stared at him and said:"You can do whatever you set out to do. Do not be afraid."

Ben dió el primer paso en la escalera. Otto hablaba más alto: ¡No lo hagas!
Ben luego dio otro paso más. Otto ahora gritaba ¡Noooo!.
Al Ben dar el tercer paso se dio cuenta que la voz de Otto se hacía mas bajita. Y así siguió hasta llegar arriba.

Ben put his foot on the first step. Otto spoke louder, Don't do it!
Ben climbed up another step. Otto now shouted, Nooo!
As Ben took the third step, he realized that Otto's voice was getting softer. He continued until he reached the top of the slide.

Llegó al tope. Ben no lo podía creer,
volteó a ver Otto, que desde abajo lo invitaba a
regresar y a no lanzarse. Pero Otto ya no tenía
más fuerzas.
Ben luego miró a Sofía. Ella tan emocionada
gritaba: ¡Ben, tú puedes, el tobogán es lo máximo!.
Ben cerró sus ojos y se lanzó.

Ben reached the top. Ben couldn't believe it,
he turned to look at Otto. He tried to make Ben
scared one last time. But Otto had lost his
strength.
Then Ben looked at Sophia. She was so excited,
and shouted: Ben, you can do it! Going down the
slide is so much fun!
Ben closed his eyes and pushed himself
down the slide.

Bajar era lo más divertido que jamás hubiera imaginado. Su corazón palpitaba rápido y su sonrisa crecía cada segundo.

Going down the slide was the most exciting thing he could have ever imagined. His heart was pounding fast,
and his smile was growing bigger
by the second.

Cuando llegó abajo, no sólo estaba Sofía
esperándolo, sino también Roberto, Jennifer, Paula
y todos sus amigos.
¡Todos estaban aplaudiendo y brincando de alegría!

When he got down, not only was Sophia waiting for him, but also Roberto, Jennifer, Paula and all his friends!
Everyone was clapping and jumping with excitement!

Ese día, Ben aprendió que todos tenemos un Otto, llamado también miedo, que estará ahí para advertirnos de los peligros y tratará de frenarnos de muchas cosas divertidas y buenas, pero podemos superarlo.

That day, Ben learned that everyone has their own Otto, called fear, wich tries to warn us from danger but as well stops us from doing many fun things, but we can overcome it.

Ese día, Ben despertó su superhéroe interior.

That day, Ben woke up his inner superhero.

Made in the USA
Columbia, SC
12 December 2019